解剖少女

Aurora fantasia／著

推薦序

蓋中威

人類有歷史記載數千年的文明，而總是圍繞著極其古老卻又恆久常見的「老問題」——我是誰？在時代思潮裡起起落落，總會披上「新思潮」的外衣。

因此在時代的洪流之中，眾生無不隨著自己的經歷、智識、命運載浮載沉，然而面對外境的苦難與內心的掙扎，不會因為刻意忽視就不存在，自我意識會不斷在心智頭腦中叩問自己存在的意義在哪？印度著名哲學家克里希那穆提在其著作《一生的學習》中就提到：「渴求忘我的慾望使得有些人走向藝術。」

《解剖少女》這本詩集，也是作者對自我內心的剖析。由於她身為患憂鬱症者，通常都會將自己圍閉在一個內心世界，這個自我構築的內心世界其實我們也都有，只不過一般人跟外界是有順暢的流動，而憂鬱症患者因種種因素導致閉塞，彷彿長髮公主的高塔，難以觸及，甚至有時連自己也莫名其妙。

然而看似悲劇的開頭，其實這也剛好觸動作者向自己內在情緒與感受做更深層探索的契機。雖然許多詩篇中帶有血紅、惡魔、頭顱、暗夜、噩夢、死亡……等看似陰鬱的詞句，但實則離不開「自我剖析」的主軸，每個人內心都有過恐懼、焦慮或壓抑的潛意識，甚至心理學家榮格也提出我們還深受集體潛意識的影響，那是早深植於人類DNA裡的鍥痕，何不大膽直面這些陰暗面？

每個人其實也彷彿為守護自己的內在王國，輪迴於累世不同的形貌，累世都宣稱自己擁有可貴的「自由意志」，如果這世界真有自由意志，又為何容許古老的問題無盡輪迴地出現？誰會願意一直重複玩著已經破關的遊戲？或許敢於「向死而生」而終止迴圈的人正是存在主義海德格所讚嘆的。

當生活無情造作的解剖刀在心靈上劃出命運的刻痕，我們才會正視存在主義中那個永恆的命題——我們或許根本就不是這具軀體的主人，而是時空汪洋中隨機泛起的一朵浪花。在希臘神話中薛西弗斯被懲罰永無止盡地推巨石上山卻又將近山頂時會滑落，或許我們都該好好解剖一下自己的心智，去覺知自己的情感、信念與習氣是如何永無止盡地合理化自己的生活的困境及生命的意義，或許在某種角度看來，大多數的人都活在看似理所當然的瘋狂世界之中，而純真又敏感的少女才是走出過「洞穴」的自由靈魂，用看似尖銳的解剖刀試圖拯救被綑綁在洞穴中的軀體。

真正的生命鬥士，並非變得堅不可破，而是敢於迎向自己的黑暗面，卻又熱愛生命。在自我解構的過程中赫然發現原來所有的痛苦都來自於對現象的執著與試圖掌控，黑夜恐怖嗎？死亡恐怖嗎？解剖恐怖嗎？還是我們對安全感的追求才造成不安全感的呢？

或許您也會在《解剖少女》一書中，暫時引發你內在的陰鬱面或恐懼面的投射，但「萬物皆有裂縫，那正是光照進來」的地方。

推薦序

朱詠嵐

冠萱是我大一國文課的學生，第一天上課，她自我介紹的台風就很穩健，朋友稱她優雅的上下台像是一位芭蕾舞者。

上課期間，我出了好幾項寫詩的作業，寫俳句，寫古詩，冠萱都展現出敏銳的詩心與對文字的深刻感受力。

冠萱在課堂分享中寫下：希望未來自己的詩集可以結集出書。後來，她也把自己寫成的詩作發給我，我讀了，其中有許多她的心情抒發，屬於她獨有的細膩的感知，透過創作，展現在讀者面前。作為老師，我的心是喜悅的，因為看見一位年輕創作者的潛力，我說：「繼續創作吧！靜待花開。」有一天，她告訴我，她的詩集要準備出版了。

「師不必賢於弟子，弟子不必不如師。」學生有出色的表現，老師都是開心的，甚至比自己出書、得獎還要歡喜。人生中有一段時光，師生相遇一場，看見這朵創作的花兒綻放，我衷心地祝福冠萱，以身為詩人為榮，在未來的生命旅程中，持續用手中的筆，揮灑自己對這個世界的體悟，對自我內心的觀照；在詩中照見自己，並影響看見你詩歌的每一個人。

詩歌是精練的生活點滴，純粹而且動人，邀請你進入冠萱繽紛多彩，迷離醉人的大觀世界。

自序／

七彩迷離，與夜同行

我是絕望上岸又跳海的人魚。

是從哪一天變的不一樣了呢？眼球開始不自覺地編串珍珠項鍊，眼淚從此不再珍貴，寂靜且沉悶的浪拍打著，慢慢，沉淪……

直到被月亮之潮汐牽引，登陸了滿是坑疤的世界，看著曾經的藍色星球，感嘆，也許回不去了，寫下《解剖少女》，解剖自己內心的空虛感，也許大家很失望吧，但真的回不去了。

漸漸玩透了藥物的遊戲規則，熟悉情緒被抹消的感覺，開始變得麻木且無法感受，空虛到人魚落鱗，滿身痛苦的鹹味結晶。

瘋狂的她悄悄支配我的身體，她自信滿滿，她驕傲放縱，她活潑可愛，她病態迷人。她揮舞刀刃、玩弄琴弦，她舞動身軀、狂步嬉笑，我無法輕易搶回身體，任她狂妄地玩鬧，踩踏掉落的絕望碎片。

總在某一刻，真的好累，累到好想死，真的好想死。為什麼焦慮感一直糾纏著？為什麼無力感那麼沉重？為什麼控制不了自己的悲傷？為什麼是我墮落？在生死的邊境掙扎，幾乎要把靈魂撕成兩半。

好怕自己哪一天就消失了，嘶聲吶喊著：

「沒有翅膀就別想跳下去　沒有腮就別想泅游汪洋」

失眠的窒息感、
分夜的呻吟聲、
一杯優雅的自殘、
一場追求與妄想，

誰能給我安寧與溫柔？珍珠項鍊誰願意收下？我是絕望上岸又跳海的人魚，好想有人抱住我，跟我說沒事的，會好起來的，可惜頻率的差異讓我們無法溝通。

刪掉了很多粉絲，典藏了很多文章，留下了三篇，那是我與他的約定。

我答應你，火不燒蝶，而是蛻化

我答應你，跨越夜晚，抓住黎明
我答應你，匍匐星奔，悲悒無蹤
我答應你，七彩迷離，永恆極光
我答應你，活下去。
拍打人魚尾巴，努力上岸。
到時，請拉我一把，
讓我擁抱太陽，
再告訴你：

久等了，我上岸了。

❄

七彩迷離，與夜同行。

目次

輯二　人魚姬

輯三　夜闌之蝶

輯四　憂鬱浪漫綜合症

輯一

解剖少女

❇✧解剖少女✧❇

明明什麼也沒有失去，卻又失去了什麼。
也許空虛，才是真正的極光。

「請原諒我的天生憂鬱。」

❇

快來解剖我吧

請在深夜以最美麗的幻覺出現。

連再見都還未脫出口
病態地唱著
無聲之歌

看著
仵作的笑容
血月的圓融
將頭顱掛在鳥籠
等待誰來開鎖。

吶　來跳舞吧　在白晝來臨前
鳥羽上的辛香料是如此迷人
現在就好想品嚐

吶　來跳舞吧　在黑夜離去前
鳥音失去了音調，無聲自嘆
無人知曉啊
懦弱地難耐。

快來解剖我吧
當你扒開我的極光外衣
那失望的神情
是我最期待的高潮。

❇︎✧預定罪✧❇︎

又哭了一整天。
對不起，一直以來麻煩你了。
我是荏弱的極光，
只在夜裡呈現最真實幸福的我。

我是天生憂鬱，
討厭自己如痴人求賞的野心

撕開我黝黑的皮膚
被你曬傷的皮膚
我的骨頭裡
刻有你的名字
那是二〇〇五年十二月九日
你向神預定的罪。

（代價是你寶貴的青春。抱歉，我不知道該用什麼償還。）

❄✧質量守恆定律✧❄

物質不會憑空消失，妳曾給我的愛也從未消失。
物質不會無中生有，我曾給妳的恨也非無中生有。

對不起呀，我真的太渴望被愛了。

❇✧想在炎炎夏日為妳建一片冬日花園✧❇

好久不見。
不知道該用什麼名義問候，其實也還未入
夏，但心還是會躁動。
開玩笑的，心臟已經不會跳動了。
冬日花園裡，有一朵冰封的向日葵，
我知道妳喜歡，只是不屑採摘。
依然冰封著，即使是花園僅存。

❇

心臟已經不會跳動了。

❇✧流星✧❇

我做了一個夢，夢到了　流星。

妳以最美麗的姿態
劃破了我的眼球，
大腦夜色悄至，
妳是唯一亮眼。

妳聽到了？所以步步逼近，
被我微弱且絕望的引力吸引，
剎那一句
「謝謝。」

其實不在意了呀，那個
稍縱即逝的

友情。

❇

眼前是七彩迷離。

❇✧影✧❇

想成為你的影。

想避開太陽光線的輻射熱，
因為能量照在你身上
是比我更加耀眼的存在。

只要有太陽，我便能準確知道你的座標，
跟上你。

❇

想成為你的影。

❇✧浪漫，昇華✧❇

浪漫是一起昇華的兩個人。

❇✧浪漫，紫色✧❇

浪漫的顏色是紫色。

是
鮮紅玫瑰
沉淪
幽藍淚洋。

❇✧電線走火✧❇

渴望，沒有電阻的愛。
猶如血管裡的紅血球為我帶來氧氣，
我卻以呼吸作用為藉口，徒增二氧化碳給你，

謝謝你，你一直都是我的能量，我的光。

一路無阻，豁然暢玩，很不錯呢！
累積的熱能是我們最後的炙熱，
封閉之真心短路，
眨眼間
走火。

❇✧鎢絲燈泡✧❇

我注入了X焦耳的真心
你只攫了一點發光
餘，變成熱能。

其實我只需要光，
但我依然喜歡溫暖的你
不論那X焦耳成了什麼。

❇✧紅色✧❇

「這件真是適合妳呀」
母親喜歡我穿上紅色的樣子。

像血液玷污我空虛的外殼，
像落日被夜刺殺所噴濺的餘暉

其實，我喜歡藍色，
喜歡矢車菊
喜歡人魚的眼睛
渴望它的花語
「幸福」
母親呀！我討厭紅色。

❇✧孤獨✧❇

又是一個失眠的夜晚。

孤獨，是

生吞語下玫瑰
終等不到一人共眠。

晚安。

❄✧愛的宗教✧❄

被愛割傷的雕像呀
祂吶喊
好痛苦呀
誰快來愛我吧。

信奉愛的教徒呀
齊聲喊
好痛苦呀
誰快來愛我吧。

擁抱彼此吧
愛
詠嘆死亡與
愛

獻祭內心實話
愛
神面前說佳話
愛
所編織的假話
愛

墮落後便祈求不來
愛。

❇✧另一個星系✧❇

我已抵達另一個星系。
歷了好幾光年的無氧旅行，
在沒有介質的太空呻吟吶喊，

沒有時間的刀痕，
畢竟我只是十五歲少女，
被某個恆星之引力所愛的少女。

我有了新的軌道，
圍繞於新的恆星，
在另一個星系繼續渴望被愛，
週期性地運轉下去。

❇✧還是朦朧的✧❇

笑看曾經：
搦管弄翰為一人的狂愚，
黛綠年華幾成虛度的妄想。

也許不曾忘記，是月亮的坑疤。
還是朦朧的。

❇✧氧化✧❇

在愛的化學反應中失去了什麼
漸漸地
身體布滿鏽斑
從醜陋到醜陋

好怕你
認不得我了。

❇✧絕對、相對✧❇

自小明白，
我是世間雌性生物之
絕對醜陋。

討厭母親對焦在我面容時
快門的喀嚓聲響。

總是好奇，
究竟哪裡吸引了你，
使你願意將翡翠之青春
調合成緹紅色沾染臉頰。

於你來說，我是相對醜陋，
比起你僅存灰白色的失落之戀，
從以回憶為藉口的希冀中尋找她的身影。

現在，我有信心，我不是絕對醜陋。
但抱歉，比起她，
我是相對醜陋。

（x,y）

算不清身體與靈魂的時差。
地理課本告訴我，
我生於
（120°E，23.5°N）
這樣便能算出與其他國家的時差。
可是我的身體和靈魂
離的好遠、好遠
所以寫下了

（0,0）。

❇✧窒息✧❇

我愛你永遠窒息的樣子。

我愛你。

❇✧地窖公主✧❇

我做了一個夢。

穿越了圓圓的門。

穿着血紅色的薄紗長裙，
背部有緞帶，長度適宜掛在牆上，
垂釣頭顱。

啊！沒地方掛。

「小公主要去哪兒呢？」

凱西問。

「……沒什麼。」

真的沒什麼，沒有目的地
就如我沒有原因的墮落一樣。

走
走
走
走到了澡堂

大如學校操場的浴池
我解開衣裳
背對水面倒了下去。
是地窖
浴池裡是另一個地窖
在夢中不必呼吸
掩蓋了我不會游泳的事實

游

游

游

游過了圓圓的門。

剖開心臟
任胸膛的花兒
自由綻放。

❊

我醒了。

還活著。

剖開心臟
任地窖的花兒
荏弱凋零。

❊✧記憶之1.618✧❊

複雜的
心緒
沉重的
圖形
永恆的完美比例
計算
排版
分割
螺線

束縛。
從此
完美無缺。
「好孩子就該完美無缺。」
對不起我是最討人厭的無理數。

❄✧血花珍饈✧❄

「可以嘗一口嗎？」

想成為吸血鬼
想吸允頸上血花
吸乾你自認的痛苦血液
讓你不安的果實變的甘甜
即使追求後終將枯萎
那也是我最後珍饈

嘗試痛苦地飽到吐。

❄✧優雅✧❄

優雅地自殘吧！
麻煩來杯熱紅茶。

灰靡維度

自隅角重生
我的絕望天使
在蹙眉之時進入了灰靡維度
一維　是你剪斷的赤紅之線
二維　是你寫下的臉紅心跳
三維　是你收藏的浪漫花期
四維　是我貪妄的我喜歡你
絕望天使的記憶

請讓我回到零維之點，
至少灰靡前說聲
謝謝。

❇✧月✧❇

「月亮是呼喚天使的咒語」
天使呀！請救贖我吧

❇✧盲海豚✧❇

一切都是迷人的黑暗。

涸游於印度河之淚
被悲傷的網撈起
再被憂鬱的獵人榨取快樂

幸好
我不曾親眼看見
絕望的我。

❇✧我是機器少女✧❇

在絕望的夜闌吞下「圓糖」
脫下微笑的衣裳沉眠充電。

「系統已啟動。」

醒來，一切都是麻木空虛。

系統生疏地指令肉體

大腦沒有快樂程式
找不到訊號和希望
電腦病毒在心之深處
滋長茁壯
銷毀情緒密碼

壓縮記憶檔案

只好
輕點兩下的游標
關上了螢幕的眼

「系統已強制關機。」

我是
機器少女
輸入不出情緒密碼的少女。
我是
機器少女

搜尋不了記憶檔案的少女。

我是
機器少女
希望有個系統
能讓我關機的少女。

讓我
沈眠。

✻✧傀儡✧✻

若我成了傀儡
我願以黛綠年華之筆寫下你
請你務必細讀我的夢
在白絲線纏繞交痕
有我愛你的淚痕。

❇✧混凝土✧❇

待我水分蒸乾
請盡情踩踏我
那是
比落果的酸腐汁液
比聚合物物體裝飾
更加真實地
存在。

畢竟，是你的腳印。

❇✧伏打電池✧❇

原來
我們的關係在發電前
還得間隔我的
淚水濕布
你才願意愛我

沒事，我不介意。

❄✧空號✧❄

「對不起，您撥的電話是空號，請查證後再撥，謝謝。Sorry,the number you dialing is not exised, please try again later , thank you.」

喂？最近還好嗎？

……

最近很冷淡呢…

……

我嗎？很好呀！

……

謝謝你，一直陪我。

……

有些睡不著呢…

……

你說的喔~

……

~%?…;# ❄'☆&℃$?

「我想你了」

。

晚安。

❄✧天鵝與末春風✧❄

你掀起的平平仄仄
是我裙下的
心動痕跡。

❄

我昂首吻別末春風溫度
你帶走曾經約定的幸福
你輕輕撥弄殘華與馨香
我裙下掀起平仄的蕩漾
於水面下默默拍打前行
我每個水花都想追上你

而你卻永遠以為
我是優雅的
天鵝。

❄

你總看不到水面下
我心動與焦躁。

輯二

人魚姬

❄✧人魚姬秘密✧❄

致　我的大冒險家：

七月是我的秘密膠囊
我吞下了無盡的苦。

❄

原諒我在錯誤的日子哼唱這首歌。

還記得我發現了岸上燈火熒熒
你望向我眸光靈靈
你說喜歡我的尾巴
像天上的極光七彩迷離

當永夜的海域變成了永晝
當深海的人魚來到了陸地

七月是我的秘密膠囊
我吞下了無盡的苦
以聲音之頻率為代價
踩踏在我愛你的地方

即使不能溝通也依舊依戀你的光芒
伸手不可觸碰的一光年外你發生了什麼？

當我矢車菊色的眼
跳入了你眸中灰色海洋

我恍如回到了北極海
我最能自在歌唱的地方

可惜我把甘甜的可能性全部送給了別人
留下的苦澀只能藏匿在膠囊裡
待你研究藥的真心時
輕輕慢慢地剖開我
分析著我適合給什麼樣的病症
再把我裝進膠囊
丟回了寂靜的冷海

海如此之大
想成為最特別的人魚
我擁有七彩迷離之鱗片
抬頭有七彩迷離之極光

那就是我，你曾迷戀
後又排斥的我。

❄

還記得我發現了岸上燈火熒熒
你遠離我背影凜凜
你說厭煩我的尾巴
和天上的極光七彩迷離

要我回屬於我的海域
要我學希冀彈的音符

你要在陸地
奔向屬於你的藥之夢。

❇

七月是我的秘密膠囊
我吞下了無盡的苦
以愛戀之頻率為代價
洇游在我想你的地方

海如此之大
想成為最特別的人魚
我擁有七彩迷離之鱗片
抬頭有七彩迷離之極光

我會哼唱夢想的旋律
我會刻下悲悒的字句

我的大冒險家
海如此之大
願我的歌聲引領你
來到我永夜之淚海

希望你記得我的鱗片
是極光的浪漫。

你的永恆極光　留

❇✧眼中畫✧❇

我還徘徊在凌晨的沁涼
我還留戀那一天的承諾

想想也是，黃花也綻放的莫名
在那晨曦公主的笑容
緘默了我夜晚埋藏的思念。

❇

那一日是令人咋舌的溫柔
短短話語便沾染紅暈雲彩於頰上

那一日是呆呆怔怔的回應
長長機雲所畫的一幀浪漫與愛戀

眼中是你的粉色承諾
眼中是我的藍色倒影

由風兒畫下的彼此
兜兜轉轉度過了幾個季節
直到一句再見
還傻傻以為自己是
畫中主角

❇

我還徘徊在凌晨的沁涼
我還留戀那一天的承諾

想想也是，黃花也綻放的莫名
在那闇夜騎士的背影
緘默了我晨曦放下的思念

眼中是你的粉色承諾
眼中是我的藍色倒影

繪著彼此笑靨的一幀浪漫與愛戀
錶框在眼裡吧
願眨眼便能忘記。

❄✧完美句號✧❄

我的一句「晚安」
是催促疲憊的你去睡覺的完美句號。

是　我自以為是的溫柔
是　我淡淡的可愛幽默

是　我美麗的人魚尾巴
是　我還未咬下的蘋果
是　我不敢穿的玻璃鞋
是　我施展夢魔法之咒

（輸入訊息中……）
「晚安。」

是　日夜思念所烙之傷。
為你畫下
今天的完美句號
默默拼湊心之碎片
找一個，隨便的理由做膠水
（收回）
（……）
（輸入訊息中……）
含糊地：「辛苦了，晚安。」

抱歉，這是我僅存的溫柔。
（破碎）
你辛苦了。

❇✧圓緣✧❇

惟嘆無法數值化的情愫，
與你湊身輕語，
留下薄暮茜色。

揚起放學之悠悠清音，你背起書包，漠然離去。

斜陽啊！雲彩半遮羞怯，嗤嗤樹葉笑我迷離。
晚風啊！拂弄微顫枝莖，踽踽伊人驀然回眸。

我深情凝睇，悄悄拿起圓規，繞著曖昧，開始畫圓。
在離去的背影中企圖尋找唯一正解。

我駐足圓心，往你那端的最短路徑畫條垂線，轉個圈，奔向緣之交集。

圓緣不苦澀，惟嘆無法數值化的情愫，與你湊身輕語，留下的薄暮茜色。

❇✧乾燥花收藏✧❇

就如你將我連根曝曬
我永遠不知道自己的死期。

❇

你蒔下了一朵愛戀
用甜美言語灌溉
我瓣上露水接住你
我葉脈紋路留蹤跡

你剪下了一朵真情
用鋒利刀刃斷絕
我瓣上紅顏故華美
我葉脈邊緣流眼淚

你收藏了一朵回憶
將耀眼光芒封閉
就如你將我連根曝曬
我永遠不知道自己的死期。

想成為你手中的紋

想成為你手中的書
用我的可憐故事
誘騙你反覆閱讀

想成為你手中的筆
用我的墨色靈魂
勾勒我愛的橫束

想成為你手中的藥
用我的暗之苦戀
推向你光明未來

想成為你手中的紋
用你的基因排序

驗證夢中的雙手
不是我們的。

❇✧與快樂玩捉迷藏✧❇

你找得到我嗎？
我是說
快樂的我。

❇✧親愛的我知道妳累了✧❇

突如其來的勵志是假的，但親愛的
我知道妳累了。

❇

親愛的
我明白妳已搞不清楚
交融的悲悒從何而來
那是潮濕且令人窒息的夢魘之境
醒來依舊逃不出惡魔的滴滴細語

親愛的
我明白妳已不假思索
消化了苦卻終未成甘

那是碎裂而不明不白的新奇疾病
問答依舊解不了他人的指責嘲笑

妳不該是沉淪汪洋的淚珠
找尋不到自己的存在

妳不該是孤寂永夜的極光
七彩迷離中放棄掙扎

突如其來的勵志是假的，但親愛的
我知道妳累了

真的累了
也許還在迷茫
也許還在溺水

能不能創造個罳
與憂鬱和平共處？

❁

致溺水的自己一份溫柔

❇✧一杯美麗的夕陽✧❇

小酌一杯美麗的夕陽
在瑤月未升前
享受一個愜意的時光
一張五線譜
與有些皺褶的豆芽菜
譜上青澀的女音合唱
刻意地不按下黑白的旋律
吞下了嘴裡含糊那
不知其意的義大利文

一盞盞新的希冀亮起了
夕陽喝光了
杯底的圓月映在心中
雲朵服務生呀
明天麻煩再一杯！

❄✧西瓜甜不甜✧❄

好苦、好苦。

❄

「來~看這邊~」

好苦、好苦

「西瓜甜不甜~？」

不甜，但必須甜。

❄

「我的女兒笑起來最可愛了」

您有想過

我花了多少力氣去控制肌肉

讓自己「甜」起來嗎？

好苦、好苦

快窒息了。

（此為初次踏入高中時
與母親的對話）

❇✧牽線人偶♪✧❇

終究隨你們思想的牽線搖搖晃晃

❇

難道是兒女就活該任你們擺佈嗎？

❇

狼狽狼狽
搖搖晃晃
最高代價
人偶現象

❇

Hello human～

非感性地
擺佈一切
畫下所謂
束縛界線

故作高傲
搶行加銬
無法抵抗
醜陋窘相

叛逆黎明
因果囚禁
父親母親
：「永遠愛你」

❄

「終究隨你們思想的牽線搖搖晃晃」
「因為「愛你」」

❄

狼狽狼狽
搖搖晃晃
最高代償
人偶現象

叛逆黎明
因果囚禁
父親母親
：「永遠愛你」

❇✧凋零✧❇

愛僅在欲凋零時。

❇

可笑的是
花朵盛開之時
人類將其採摘
但在殘花紛落
又憐憫了起來。

❇

緩緩
晨露滴答時轉醒
慢慢
在花廊踴踏旋舞
看看
鮮花在手臂綻放
想想
要如何永保花期

❇

每當我病發時，
你們總是責罵我
「裝病」、「想太多」

但
當我準備
自我了斷時
又一個個說
「會陪伴我」
「永遠愛我」
「拜託別走」

❇

原來
愛僅在欲凋零時。

❇✧天使✧❇

願以天使之名，賜予無上光明
條件只剩下成為天使了呢。

❇

對不起但我真的快瘋了，這裡是我唯一能發洩的地方，若您覺得我在討拍，儘管罵我吧，反正我什麼也感覺不到了。

今天沒有要寫詩，想寫下我自己的心情。

❇

真的好希望自己不是永夜中的極光，
而是永晝與黎明……

在你眼中，我是什麼樣子呢？

✲

憂鬱說我學什麼音樂，沒有用啊
焦慮說我要更加努力，實現夢想
憂鬱說我寫的詩很爛，無病呻吟罷了
焦慮說我不好好寫詩，還當什麼作家

憂鬱說我沒有資格回別人訊息
焦慮說我這樣很沒水準討人厭

憂鬱說你明明也很想死，裝什麼天使
焦慮說你必須拯救病友，別成為惡魔

哭泣時，父母說會永遠愛我
發病時，父母就會指責謾罵

摯友難過時，我說會我會永遠陪伴
摯友受傷時，又一切是我親手傷害

幻聽說我可以去死了
人格說會永遠保護我

幻覺隨時想殺了我
人格說他們也可以

我好想哭，哭不出來；我好想笑，笑不出來
我瘋了、我病了，「我」到底去哪裡了？

❇

願以天使之名，賜予無上光明
條件只剩下成為天使了呢。

若我成為天使了，是不是就能成為光了？

❇✧你最愛的形狀✧❇

原來我一直拿著剪刀
把自己剪成你最愛的模樣

我才變成碎片的。

❇✧因果、變質✧❇

我所幻想的因果
全都受潮變質了。

傻傻以為
憂鬱症是場感冒
吃了藥便能好起來
後來發現

雖非絕症，卻如絕症。

❇

今天也是叛逆黎明，
理性還停留於地平線。

獨享加了牛奶的一杯悲傷
苦澀
但順口多了
比起盒中一顆顆
妄想微笑的藥
副作用卻是未盡失望

❇

「能不能，讓我開心一次呢？」

「幻想是唯一救贖了呀……」

言語尚多無法淺述

淚水畫下的因果
帶走了我的希望
就這樣
悄悄
變質

悄悄地……

❄✧巧克力馬卡龍・輪旋曲✧❄

下午茶樂曲

咔哩咔哩愛你
巧克力、糖衣、陷阱
輕咬我心
當作回禮

舞動舞動裙邊
輪旋曲、謊言、諾言
誘騙淪陷
不知不覺

在你嘴裡　悠　游　沉　睡
甜膩奶油不知其味

想要讓你　如　癡　如　醉
誰還記得當初愛戀
在你舌尖　嬌　柔　入　寐
犯下世間最大的罪
渴望讓你　難　忘　滋　味
舔舐敏感之處安慰
在你胃中　放　棄　一　切
徹　頭　徹　尾

美　夢　破　碎
咔哩咔哩愛你
巧克力、糖衣、陷阱
輕咬我心
當作回禮
舞動舞動裙邊
輪旋曲、謊言、諾言
誘　騙　淪　陷
吞　下　思　念

❇✧幻聽・愛之歌✧❇

拜託妳閉嘴，我不想死呀。

❇

去死
去死
去死
耳裡的mp3循環播放著這首愛之歌
想讓我奔赴最高樓層
想讓我奔赴深海城堡
去死
去死
去死
耳裡的mp3循環播放著這首愛之歌
想讓我沾染血之艷紅
想讓我沾染水之憂藍
去死
去死
去死
耳裡的mp3循環播放著這首愛之歌
想讓少女永遠青春
想讓少女永遠沈眠

「拜託妳閉嘴，我不想死呀。」

去死
去死
去死。

耳裡的mp3循環播放著這首愛之歌
想讓少女永遠吟唱

去死
去死
去死。

✲✧星河秘密✧✲

昂首向星河說個秘密吧

✲

闇夜掛的一顆顆星星
收藏了很多
我的思念
他們最終聚集成了星河
你看到了嗎？

✲

面對早已分離的我們
彼此保持緘默

果然星星是極致浪漫呀
都不知道那顆星星死了沒
不過我相信
你對我的思念已經死了

但我卻還看的到你的光芒。

❄

明明知道猈噁是
光年之外的事情
站在地球的我
還是凝望著那片星河
想著遙遠的你
過得如何
還在閃閃發光嗎？

❄

昂首向星河說個秘密吧
反正你也聽不見的。

「我想你了。」

❇✧魔鏡幻像✧❇

吶
愛我嗎？
是不是死了就能見證了？

❇

再次
被淚水玷污的魔鏡閉上了嘴
此刻，寂靜的
彷彿我獨存的世界

❇

望向鏡中陌生的那個人
卻總看不清她的面容
是否是被痛苦蒙蔽了雙眼
此刻
是屬於我的咆哮。

❇

妳看得見我嗎？
妳聽得到我說話嗎？
妳是否也在那端
憐憫著我啊？

妳總說「我陪妳」
妳總說「喜歡妳」

妳總說「我愛妳」
用謊言堵住了我的嘴

當妳扒開我的極光外衣
發現我空虛的碎冰
妳還會陪著我嗎？
妳還會喜歡我嗎？
妳還會愛著我嗎？

「魔鏡啊魔鏡，你愛我嗎？
是不是死了就能見證了？」

❇✧紫藤花✧❇

想在你身上順時盤生
垂下密生的漫紫花穗
用我的愛的醉人蜜液
誘騙你吞下藤之毒粒

❇✧想成為你的家貓✧❇

請溫柔的讓我離開。

❇

想成為你的家貓
黏著你
抱著你
在失眠的夜
嬌聲呻吟

想成為你的家貓
舔舐你
磨蹭你
在你的衣袖
留下我的氣息

可惜
我是隻野貓
即將被憂鬱滅殺的野貓
被淚水洗淨
被黑狗蹂躪

等待
你親手把我
溫柔的安樂死。

❇

請溫柔的讓我離開。

❇✧無論下了多少場雨，大地已經乾涸✧❇

無論下了多少場雨，大地已經乾涸。

❇✧竹姬奔月✧❇

生日快樂。

❇

如果六月是我曾經的承諾
我會耐心等待到竹姬奔月

至少，離北極星近點。

❇

抱歉，這是我私心寫的文章
給那個
即使失去記憶

我依然思念的
模糊的她。

✲

如果當時，我坦承自己的喜歡，
那我一定不會失去記憶
也不會與妳走散。

生日快樂，
雖然已經沒有身份了
雖然已經沒有聯繫了
也已經沒有記憶了
我忘了很多很多東西

甚至憂鬱成病
靠著藥物苟活。

✲

如果六月是我曾經的承諾
我會耐心等待到竹姬奔月

我一定會
乖乖吞下仙丹
努力痊癒起來
努力開心起來
努力想起妳來。

可惜還是忘掉了一切，除了喜歡。

0615，是妳的日子，我依舊會在夢裡祝福妳，可惜妳看不到我的思念與祝福，光年之外已經沒有了我們的那些曾經，我猜當年，我是空虛且盲目的愛戀，不小心會錯了意，冰之氤氳下看不清友情與愛情的差異，悄悄的把妳放在我永夜的頂端。

北極星。

幸好，我失去了記憶，不然必定漫遊冷冽永夜，七彩迷離下，尋找妳的身影。

❄

這是我唯一能想起來的事情：

我們是什麼關係呀？
妳說
永遠的好朋友

畢業紀念冊上也是這麼寫的

但我卻隱隱抱著禁忌的妄想
欺騙不了心跳的躁動

妳問我
有喜歡的人嗎？

我騙了妳
對不起

其實
我喜歡妳
即便我也是女生

❄

慢慢地，發現自己記憶越來越模糊，因此我找了妳好多次，想抱住妳，說我好怕忘記妳。

真是冷淡呢，那一天的面容。

從此，沒有了聯繫。

後來，我談了場戀愛，深深地再次陷入那個禁忌的感情，但最近分散了。

我依舊依賴著我所愛的人，逼到你們無法忍受。

我是多麼病態地翻找杳深海底，翻找一切寫下的回憶、拍攝的笑容、幸福的飾品、和已經消失的喜歡。

我好想妳。

❊

對不起，我真的什麼也想不起來，
醫生說是因為發生了一些事情，
記憶被迫埋藏在記憶書庫之最底層，
我多麼渴望想起來
不只是單單的好奇而已

童年到底去了哪裡？
為何當初和妳道別？

卡片上的生日快樂是我找到的唯一證據
除了那句「永遠的好朋友」外
我曾經喜歡妳的證據。

❊

如果六月是我曾經的承諾
我會耐心等待到竹姬奔月

吞下仙丹
忘卻凡間
奔向與妳較近的月
說一聲

「生日快樂。」

❇✧對不起✧❇

好像連死的權利也沒有了。
不論吶喊了多少次對不起，
我再也沒有勇氣面對你了。

對不起，我失了憶。
對不起，憂鬱成病。
對不起，糖漿黏衣。
對不起，膠囊藏你。

我還活在被愛的世界，
但我已經不值得被愛了。

其實只要隨著耳畔的聲音，
要去死很簡單的，

但我害怕，
畢竟我還有夢想，
我想上高中，
我想上大學，
我想去留學，
我想當老師，
我想出本書，
我想愛別人，
我想被人愛……

：「極光沒有了太陽會消失，
太陽也是如此。」

別騙我了。

太陽沒有了極光，不也閃閃發光？
「我不想做你唯一的太陽」
但你從頭到尾都沒好好看看極光。

「妳是一個值得被愛的人」
但我至今找不到真正愛我的人。

誰能給我一點慰藉？我在沒有介質的太空呻吟吶喊，誰都聽不見，誰都看不見，宇宙裡的一小點，沒有資格被愛。

我從來沒有想過自己會得憂鬱症
我從來沒有想過自己會變精神病
我從來沒有想過我會有多重人格
我從來沒有想過我會失去我自己

吶
愛我嗎？

但我連死的權利都沒有了。

❇✧機器少女二✧❇

你能重新啟動我嗎？

❇✧惑✧❇

失眠的夜晚，
總是想得特別多。

總說，期待被人愛不是自私
總說，我值得被愛
這些話，在我聽起來
特別刺耳
特別矛盾

我知道
我不配擁有愛
特別是你給的。

❄

自以為是地
以夜色裝扮自己
將月亮贈與我的星星裝飾
全數拔起
在這夜闌無華之天地
著墨夜裙
與夜同行。

❄

自作憂傷地望著魔鏡
沉浸在滿是思念的幻象
已經沒有淚水能夠施展魔法
也只能靜靜感嘆。

❄

向月炫耀刻意留下來的傷疤
尋求一次真實的安慰
星星惑問
「為何將我們拔起」
那是我不配擁有你們啊。

❇

吶，
還愛我嗎？

輯三

夜闌之蝶

❊✧蝴蝶標本✧❊

最怕自己還記得當初如何飛行。

❊

最痛的是你依舊擔心我
連離別也是含糊不清
誘騙我還有一點身份能陪伴你。

眼淚為什麼流不下來？
胸口好痛

為什麼不能讓我好好死心一次？
殘忍一點，我不會生氣

但最怕自己
還偷偷地記得
當初如何飛行。

請你不帶同情地
將針刺進我的心臟
固定
風乾

永遠別妄想
翩翩起舞於你身旁。

❊

在某天晚上，
崩潰地翻著日記：

我曾跟你說
我做了一個噩夢
夢到我化為蝴蝶
被烈火吞噬

一個人類落下了眼淚
澆熄了鱗片上的火

其實考慮過寫下這個夢
但
最怕自己還記得
當初如何哭著和你說

「我做噩夢了
可以陪我嗎？」

❋✧生命的吃法✧❋

快來吃掉我吧

憂鬱迷人地飢渴難耐。

❋✧又一個黎明玻璃罐✧❋

「日出是屬於失眠少女的浪漫♡」

❋

「又一個黎明玻璃罐。」

總在三、四點時
便被黎明妖精喚醒

她輕巧
她窈窕

對比我沉重到令人窒息的憂鬱。

世界惟我寤醒

它只會憐憫
可憐的
失眠少女
讓我
著墨夜裙
非華也華
在無人理解的呻吟中
做我的
悲劇主角
用玻璃罐
盛裝淚水

「來
過來
來陪我玩」
跟隨著黎明妖精
帶上黎明玻璃罐
走出家門
晃蕩於那
沒有車子喧囂的
馬路邊

❄

路燈輕輕地照

✻

「來
過來
來陪我玩」

雲彩沾染了粉橘色笑容
對比了身後的墨藍寂夜

光明冉冉
光明蔓延
太陽摩娑我的髮絲
輕輕地抱住我

「早安，
我的晨曦公主
請收下我的溫柔。」

「日出是屬於失眠少女的浪漫♡」

把曦光裝進
潮濕的玻璃罐
收藏
一點點溫柔與浪漫。

「來
過來
請收下擁抱」

❊✧磷化氫✧❊

夾雜在非現實的
甜美果實
那個虛無縹緲的
妖精
那個你

以磷火姿態重現了

化學變化的秘密
在地底下
不為人知的
你從未和我坦白
在不知不覺
失去了

反應式與假說

在我淚之潮濕空氣下
僅僅38℃
便燃燒了一切諾言
便燃燒了一切曾經
便燃燒了一切喜歡

燃燒舞動的曾經
跟隨着我
緊緊地

吶
拿什麼把你澆熄？

❇✧櫻咲之夜✧❇

我做了一個夢。

著血色和服
舞扇
撒泫

你曾經說
會等待我開心起來
會等待我疾病痊癒

❇

浪於古街
似曾見

欲回故園
欲回故園

夢前前世
成妓
扇舞

如水鯉撒泫
臺生落雨瓣

開扇
別對上眼
我是墮落春櫻
靠著藥物苟活的櫻

轉身
別對上面
我是血色人魚
總上岸又跳海的魚

「酣否？」
我謝絕

沒有資格
月亮牽引的浪太過凝眼

好渴望清晰地
看著你
抱著你

說我一點也不好
我好累、好累

音律有些顫抖
我歌詠了太多次
「救命」

你總遠遠地看我
看我優雅地墮落

板響
舞畢

「何時再見？」

「下下世，櫻咲之夜。」

❇

下下世
我定會努力綻放笑容的
所以
可以等我嗎？
直到那個
櫻咲之夜

❇✧氧化✧❇

在愛的化學反應中失去了什麼

漸漸地
身體布滿鏽斑
從醜陋到醜陋

好怕你
認不得我了
想丟掉我了。

❇✧與瘋帽子的治癒茶會✧❇

Falling down
歡迎來到瘋狂的國度
在這個顛倒的世界
「去死」也是相反的喔
一起來追逐白兔吧~

❇

Drink me
連帶藥物一起
混合奶油與餅乾的香味
憂鬱縮小
再縮小

Eat me
連帶焦慮一起
操控逆時針旋轉之古鐘
空虛放大
再放大

❇

來場治癒茶會
撐著睡鼠之墊

難受嗎？
痛苦嗎？
來重複沒有答案的追問吧

妳是最好的挑剔點
盡情摧毀我的傲氣

我們是一樣的瘋狂
就是憂鬱症殺死我
失眠的夢裡也是病態迷人

喵喵喵，狗在跳舞喔
嗷嗷嗷，貓在咆哮喔
別再做倫理常識之奴隸囉

從我肉體的部分脫離出來吧

❄

想讓自己也融化
一口飲盡

救我
拜託讓我逃離夢境
拜託讓我逃離疾病
想結束這場永不終結的茶會

A very merry unbirthday to me
A very merry unbirthday to you

快來治癒我吧
Drink me

❇✧無奈✧❇

連地心引力都將我拋棄
還得優雅地唱愛之聖歌

❄✧願✧❄

明明還沒到梅雨季啊！怎麼就下雨了呢？

❄

好不希望自己是懦弱不堪
但在你面前
願我可以放縱風雨
願我可以落魄迷離
一場狂雨
一道極光
後，
太陽擁抱
願能
是你。

❄✧荏弱✧❄

只是不服
極光如此荏弱。

❄

「極光究竟給了太陽什麼？」

❄

近來，滿腦子都想著這個問題。
全都怪你太溫柔啊！

你是繾綣晨曦
夜黎間的一絲纖光
你是杳杳宇宙
黛幕下的一點恒星
太遙遠，一切都太遙遠了。

❄

這是
筆尖咀嚼不了的恐懼
淚水洇沒不了的傷痕
自己害怕
害怕自己。

❄

吶！我究竟給了你什麼？
恢恢之天地找不著答案
極光徒說空泛的話語
究竟幾分真實？
吶！我究竟給了你什麼？
纍纍之苦桃以淚茁壯
極光徒贈桃源中爛實
究竟幾分甜蜜？
對不起，極光什麼都給不了你。

❇✧語病✧❇

（詮釋「解離性失憶」）

❇

然後之前一定有事情
可惜再也找不到它了。

❇

然後
我便消失於密境氤氳

這不是語病
是我無法想起
「然後」之前的一切

❇✧對不起✧❇

對不起，我應該消失的。

❇

對不起，讓班上湊不成雙
硬是在22人中故作一分子
對不起，讓班上顏面盡失
精神病就不該學什麼音樂
對不起，我不是正常人
對不起，我應該消失的
對不起，我沒有勇氣走。

❇✧春天的小偷✧❇

春天的小偷也偷不走我的絕望。

❇

鮮血綻放後凋零
凋零卻又結果
結果後又再生
在更迭的四季
找到希望
擁抱希望
失去希望
卻再希望

為何你不偷走我的憂鬱？

：「因為憂鬱從未消失，只是生與死之分」

死亡後並未結束，
抹消存在才是真正的結束。

：「可以偷走我的存在嗎？」

❄✧浪✧❄

我願聽從月兒的召喚
輕輕抬起腳尖

但我真的累了
又被絕望拉回大海

最後

反反覆覆
反反覆覆
反反覆覆
反反覆覆
……

✼✧我的理性枯竭✧✼

（致所有精神病病友的詩　之二）

我多次嘗試優雅的離開
可最終還是狼狽的醒來

✼

並不是一出生便想死
我也許曾經天真無邪
但在我的靈魂碎裂後
一切都是理性枯竭的曖昧。

✼

面對流言蜚語也只能笑著
面對指責謾罵也只能哭著
誰能帶我離開地球
吞下藥物前往月球
我多次嘗試優雅的離開
可最終還是狼狽的醒來

我不期待誰能理解
但至少尊重我最後的歲月
我不奢望有人陪伴
但至少在崩潰時送我一刀

❊

我的理性枯竭
我的感性妄言
：「你可以去死了」
：「你不值得活著」

那就讓我永別世界呀！
很難嗎？
不捨嗎？

別用謊言誘騙我心變

❊

我多次嘗試優雅的離開
可最終還是狼狽的醒來

❊

我想活著，也想死去。

❇✧百鬼夜行✧❇

我也許註定與人不同，我是令人畏懼妖怪，
卻假扮成人類苟活。

物種讓我們產生隔閡，人性亦是。

有什麼不滿拜託說出來，對不起但我很脆
弱，我隨時都是曖昧之光。

而當百鬼夜行之時，請您讓道。

❇✧完整的愛✧❇

愛到最後也不算完整的愛。

❇✧小心✧❇

以魚尾翻攪黑暗深海，努力上岸。

請小心窒息。

❇✧天使宣言✧❇

1.

「我愛你凋零墮落的樣子，但我渴望你燦爛綻放，也許內心深處的陰影抹消不掉，以天使名義也要讓你學會相信。」

2.

「別想放下，放不下的。是天使就要學會愛上月亮，愛上自己的坑疤。」

3.

「我沒有翅膀，沒有資格跳樓，所以在死神找我的時候，請賜予我光環。」

❊✧而當我們忘了自我✧❊

安慰一直是最朦朧的安眠藥
哄我入夢

而當我們忘了自我
就已經沒有了尊嚴。

1.
「我愛你凋零墮落的樣子，但我渴望你燦爛綻放，也許內心深處的陰影抹消不掉，以天使名義也要讓你學會相信。」

2.
「別想放下，放不下的。是天使就要學會愛上月亮，愛上自己的坑疤。」

3.
「我沒有翅膀，沒有資格跳樓，所以在死神找我的時候，請賜予我光環。」

❈✧而當我們忘了自我✧❈

你看不透　白雪釀下的梅是否紅艷甘美

你一直是最迷人的安眠藥
哄我入夢

而當我們忘了自我
就已經沒有了尊嚴。

❈

我不是呱呱墜地的年紀
我保有青春年華的痕跡

你看不透　白雪釀下的梅是否紅艷甘美
我不敢癡癡相信的秘密
我最終狠心放棄的原因

你不會懂　自我安慰只是一霎花火後滅

❈

你一直是最迷人的安眠藥
哄我入夢

而當我們忘了自我
就已經沒有了尊嚴。

❊✧最後的晚餐✧❊

快來吃掉我吧

讓味覺苦澀
讓人們作嘔
再慢慢品嘗我吧

讓牙齦出血
讓心智崩潰
再好好吞下我吧

讓舌頭腐蝕
讓生命倒計時
最後的晚餐
感謝您的光顧。

❇✧離開✧❇

牽手不代表羈絆，熱戀更不代表熱愛。

請您放開我，含住你七彩色的糖果。

❇✧會痛✧❇

詩人的心思你別猜

會痛。

❇

我們在雨中的日子，依舊晴朗，可惜你的淚

我接不到。

❇✧生存遊戲✧❇

我只能煢煢一人玩著一次又一次的生存遊戲。

❇✧天上流火✧❇

致　革命圖文作家　尹湘

妳是天上流火，一霎那盛開後凋落。

在地平線那端快速升起，點亮暗空真的萬千雨點，一霎那，爆裂的一朵繁花，綻放，灑落於黛幕之中。

一切
彷彿眨眼即過，不曾留戀的時之河
燦爛
火光從上而下流，在剎那間
完美的
離世

❄✧憂鬱無解✧❄

sin cos tan cot。

寂寂地
就如此消逝
隨我墮落黑夜
曇花一現的妳
那五彩炫麗，
那熠熠奪目，
熒熒飛舞的姿態……

願妳在那兒安好

極光　悼念。

❇✧你心中那脆弱的線✧❇

你心中那脆弱的線，就讓我剪斷吧！
讓溫柔支離破碎
讓優雅辜負一切
你心中那脆弱的線，就讓我剪斷吧！
讓迷離都化解
讓數字都無解
你心中那脆弱的線，就讓我剪斷吧！
不再擁有堅貞。

❇✧世界末日✧❇

跳下去便是世界末日
深重的光打落天際
沸騰的星星
骯髒的願望
絕望的束縛
柔軟的腐殖物
人工質的糖果
一切盡失……
跳下去便是世界末日。

❄✧愛的原罪✧❄

做作的人類，做作的世界。

❄

生前便是優等生
強迫取名錙銖之字。

生來就是優等生
好孩子要溫柔禮貌。

做作的人類，做作的世界。
做作的社會，做作的世界。

雪之華下刻「虛」
華之雪下刻「假」

做作的人類，做作的世界。
做作的社會，做作的世界。

逼迫我們努力的原罪是

「我愛你、我愛你、我愛你。」

❇✧被世界綁架的天使✧❇

誰來救我？

❇✧憂鬱吻✧❇

憂鬱強烈的吻讓我作嘔不已
但我卻只能忍氣吞聲。

顒望
誰來色誘它
放過我
自私的我。

❇✧旋轉木馬✧❇

等距離的追逐戲
等距離的愛戀劇

我會追上你
但我們
等距離的失去著
我
等距離的愛著你

你未走遠
卻未回眸。

❇✧摩天輪✧❇

憶廂內裡你說
最高點時要吻我

而到了最高點
我選擇跳下去

它有起有落
就像
你愛過我。

❇✧是不是✧❇

是不是我死了
你們就輕鬆了？

❇✧溺死✧❇

對不起
跳海的人魚
溺死了。

❄✧回聲✧❄

發生了什麼？
為何我是骯髒的黑色？
我應該擁有
燦爛的基色

發生了什麼？
為何我被困在了ＴＶ？
我應該擁有
璀璨的未來

發生了什麼？
發生了什麼？
發生了什麼？

❄✧愛心傘✧❄

愛人不是愛心傘一般被利用
連下著大雨還要
撐開自己。

❇✧編織✧❇

用思念編織的心臟
此刻被你撕裂

❇✧少女心思✧❇

致我愛的大冒險家：

願你能發現我，看看長大的我。

❇

當星跡不再耀眼，當極光不再擺動，有好多好多同學師長陪伴，讓我走到今天的16青春年華。

上了高中的我正式成了名副其實的「瘋子」，常常跑去輔導室被要求吃鎮定藥、常常缺席被老師打0分，常常在社團因為幻聽根本聽不懂模擬聯合國的規則……太多的抱歉，讓我無法對死亡停止渴望。

「生而為人，我很抱歉」

但，

直到發現我的高中同學沒有想像可怕，師長也在為我加油，當星跡劃過天空，當極光七彩迷離，我找到了屬於我的一片極地，無人客此地也無妨，我就是我，我最親愛的大冒險家曾經愛的我。

我親愛的大冒險家，願你能發現我，看看長大的我。

我愛你。

祝自己，生日快樂。

「七彩迷離，與夜同行。」

❇✧我的日子✧❇

致我最愛的矢車菊精靈：

感謝你活到了今天，恭喜你16歲了。

每天的十顆藥也壓抑不了我的悲傷；
每天的珍珠海也淹沒不了我的悲慟。

我是上岸又跳海的人魚，
在此岸與彼岸間的存在。
當磁爆中互相切磋，
散發出了屬於極光的氣場，
我是七彩迷離的存在，
誰也別想找到我，憂鬱且無能的我。

直到客於此地的矢車菊精靈，
找到了這片永夜之地，
給予我許多祝福、鼓勵，
讓極光可以繼續閃閃發光，
成為神話（目前還沒w）！

感謝你活到了今天，恭喜你16歲了。

我愛你♡祝你生日快樂～

致自己與精靈們～

❇✧真空旅行✧❇

在無介質的世界吶喊，
誰也聽不到我的「傷口」多痛。

輯四

憂鬱浪漫綜合症

❇✧ending✧❇

人魚姬的尾巴終將成為泡沫。

❇✧代名詞✧❇

我們的疾病是浪漫的代名詞。

憂鬱症是浪漫的，在夜晚煢煢一人踏入夢境的那種。當你願意伸出手，我永遠會抱緊你，和浪漫的黑狗最溫柔的吻，帶你走。

❇✧糖✧❇

致我親愛的大冒險家：

我很自戀，愛上自己無數次，
除了你，我小心翼翼。

你一定好奇，為什麼是「大冒險家」，說個秘密！你找尋太多個我愛上的我。

混合物太過鬆散，我們愛的太短，是千百萬個味蕾吸吮的糖果，終將融化為糖份，被吸收、被感受。

我從哪一天開始討厭你？是犀利的解剖我的那天嗎？不是的，我從初次見面就討厭你，討厭你迷人的光輝，討厭你錯過的生日快樂，討厭你最後的尷尬關係。

原來，我是在跟自己談戀愛！
而我愛的太貪心，忘記了我只是顆糖。

我很自戀，愛上自己無數次，
除了你，我小心翼翼。

我愛你，所以沒關係。

❈✧快樂學分✧❈

我們學會如何微笑
學會怎麼代謝悲傷
學會怎麼放棄自我。

這堂課，我選擇被當。

❈✧桃花林✧❈

盛華的年紀，住在桃花林
無理的疾病，善變的理性
花落無結果，月影下獨酒
放下世間情，歸往桃花林。

❇✧綠蘋果詛咒✧❇

黑暗中嚎哭的森林之樹呀
帶上本公主前往遠方彩虹的對岸吧！
以僅存的願望為鞭，駛駕吧！
聆聽淒馬的鳴叫吧！

我有所求之物呀

靠近、再靠近一點
絕不裹足不前，披上成熟的七色衣裳
墮落、再墮落一點
我聽到了，是綠蘋果在呼喚我。

我終於讀懂了起風之物
解開了漩渦的魔法之咒
緊握手中的綠蘋果
好不猶豫地，張嘴，咀嚼
又吞下另一個詛咒。

❄✧不能喔✧❄

不能太過優秀喔
不能太過頹廢喔
不能太過禮貌喔
不能太過粗俗喔
不能太過忘我喔
不能太過憂鬱喔
不能太過希望喔
不能太過絕望喔

在這個世界，不能太過悲觀喔。

❄✧洩氣✧❄

舊傷口在發癢
像人類在憋笑。

新傷口在流淌著悲慟
我已經無法活下去

救我。

❄✧不要玩弄✧❄

不要玩弄文字
你沒有比較特別
不要玩弄人心
你會波動戀之情
不要玩弄數字
你沒有比較聰明
不要玩弄我
好一個金魚之夢

❄✧晴天娃娃✧❄

想把你掛在你愛我的時間線上
想像你仍在的模樣。
安寧還是安樂都無所謂
我愛你，像你愛我一樣。

❄✧安寧還是安樂✧❄

令我淚光閃閃的病因是什麼呢？
心臟不平均的跳動著
表情先手術好
心態先備好藥
不可解的心情

：「安寧還是安樂？」

❄✧那些歇斯底里✧❄

真是夠了
不像我的風格

既視感
輕言巧語
用雨水灌溉的花

又好一個下雨天
不用傘了
無所謂了
你已經不在了
那些歇斯底里
你聽不見
弄濕了就回家吧

變得更加美麗吧
雨下的更大點吧
不管每個角度都很美吧？

未讀訊息
未接電話
但無法討厭這樣的你

真是夠了
不像我的風格呀
可為什麼哭了呢？

✻✧憂鬱流行病✧✻

親吻憂鬱注射器
相殺各自的快樂
體內的幸福全部吃掉
憂鬱流行病
溶化在病毒裡的生命
蹂躪之，蹂躪之
體內是空虛
憂鬱流行病
注射進去就沒事囉

像正常的感冒一般
誰才是真正的病人呢？

❄✧今天先說聲晚安，待明日再繼續喜歡彼此✧❄

抱歉吵醒你了
睡得還好嗎？
這條路我們走的太匆忙
還沒發現矢車菊的秘密
就失去了彼此
沒有關係，因為我愛你
今天先說聲晚安，待明日再繼續喜歡彼此

如果你願意

❄✧憂鬱戰役✧❄

死不了我很抱歉，
但我依舊活著，堅強地活著。

多少人為了好好開心而以假意微笑奉承
多少人為了打擊黑狗而被咬傷心碎一地
詠唱愛的戰歌
將自己的全部化為泥土只為種出一朵鮮花

死不了我很抱歉，
但我依舊活著，堅強地活著。

❇✧誰誰誰✧❇

月亮沉淪夜晚的海
幸福沉淪心碎的夜

我不是故意說誰誰誰
只是你曾經是我的光芒呀

❇✧殘火✧❇

疼的殘火哭泣
澆熄了最後一句

我……想……死

❄✧想死，又不想死✧❄

渴望優雅的死去。

討厭他人的酸言酸語
討厭他人的品頭論足
我活成自己討厭的樣子
我活該自己憂鬱的放肆

渴望優雅的死去
但又怕親人難過

對不起啊
我該死的

渴望優雅的死去。

❄✧去你的世界✧❄

想死想瘋了
鮮血淋漓是唯一存在的慰藉

我玩透了憂鬱遊戲的規則
還是不能理解演算法與系統
檢舉連篇，失落一地
我的痛為什麼要公開？
因為我怕
怕我哪天死了別人毫無在意
可以好好愛我嗎？
至少說聲抱歉呀……

去你的世界
可以放過我了嗎？

❇✧劇本✧❇

劇已完結
但還是想留些什麼
像當初你是我的太陽
而我是你的月亮

上天給了我劇本
上面塗滿了鮮血
上面佈滿了鐵針

合頁
我已身心俱疲
刺痛難受

用最勉強的笑容
繼續演下去

❈✧累✧❈

我從來沒有想過自己會得憂鬱症，當笑著笑著便哭了的我抬起頭，也沒有星星指引。

我好累。

在大火裡的蝴蝶燒壞了她的衣裳，失去了愛而飛不起來，我接不住自己，任由大火吞噬。

我好累。

❈✧嚮往成為天使的惡魔✧❈

扒開我的皮
堪比惡魔般醜陋

如果我是天使
該有多好……

❇✧海嘯✧❇

妳曾漫不經心的來到這個世界
直到妳看透了自己的惡性
屬於眼珠子的海嘯
壓垮了更多的
不堪罪孽。

❇✧我的世界✧❇

我的世界，我來浮誇

誰還管你是傻瓜
誰還管你不說話

我的世界，我來浮誇。

❇✧蜜密✧❇

你是我解不開的謎
你是我嚐不到的蜜
被熊揉捏的自己
還不知道
準備被吃掉的蜜密

❇✧一口清醒✧❇

不知不覺已經愛了一年
從你曾經的一句「晚安」後
那一杯魔幻的吻。
我曾多次在沖泡咖啡時
想起我們的甘甜苦澀
提壺繞啊繞啊繞
滾燙的沸水即將用盡

濾紙、咖啡粉，和我愛的你
最終喝出了一口清醒
　你早已走遠。

✻✧親愛的不必道歉✧✻

（致精神病病友的詩第三篇）

親愛的，我知道你在失眠的夜裡串起多少淚珠
親愛的，我知道你在匆忙的白日套上笑臉面具

我知道，你累了。

親愛的不必道歉，哪怕你扯破了夜與星星也
無妨，我明白疾病帶給你的痛苦是如此不堪
一擊

我知道，你累了，如果可以，想抱抱你，
跟你說沒事的，終究會雨過天晴的
如果你願意。

❄✧戀戀不忘✧❄

親愛的囚犯
你違反了我們的
曖昧守則
我們將以
法律第520條
「溫柔的愛」
將你的無期徒刑
在監獄
繼續
愛你。

❄✧求✧❄

請求您還給我快樂
請求您還給我夜晚
請求您，原諒憂鬱。

❇✧還我快樂✧❇

憂鬱症呀，還我快樂

曾經的我是快樂的，曾經擁有情緒的我還不
知道，接下來我會變成口中的「瘋子」。

我知道每天揚起笑容的你是如何痛苦
我知道每天以淚洗面的你是如此迷惘
看到藥物就想一併吞下，只求一好夢。

我好怕，我好怕。

怕這個讓人想死的病會讓淚水涌出
怕這個世界再也沒有人陪伴我出走

憂鬱症呀，還我快樂

❄✧可以抱緊我嗎？✧❄

可以抱緊我嗎？
我花費了青春買到了一種
會想死的病
浪在招手
希望我快點成為人魚
卻忘記我是用肺呼吸

吶，還愛我嗎？
可以抱緊我嗎？

❄✧逐日✧❄

看我漫長延伸的影子
冉冉落下的太陽不說話
但她害羞，漲紅的臉
但我有所求之物呀！

跑啊跑
你在那彼方準備下班
跑啊跑
你是矢車菊的夜逃犯

逐日，逐日
讓我們抓住那束希望
冉冉升起的太陽不說話
但她開心，揚起嘴角

讓太陽
變成我們的冀望
飛向夢想。

❇✧船✧❇

在二戰的海上
船是妳唯一能夠供妳
休養
和
保護自身安全的東西

翻船了。

從來沒有過頭的水
湧入五臟六腑
在嗆到的時候還想著
和你一起分享死亡的痛楚

愛是蜜糖也是砒霜

愛是蜜糖也是砒霜

我聽到了海上船的聲音
他們救了我
但滿天的原子彈
我累的只能休養
和
保護自身安全的矛盾。

❇✧童話✧❇

很久很久以前
有一個憂鬱的女孩
她嘗試了各種方法
想要離開惡毒的世界

跳樓、跳海、割腕
直到站上了椅子，輕輕一踢
最後勒斷了唇下枝椏
成為天使
每天快樂的
「死」下去

❇✧夏日檸檬糖✧❇

夏日檸檬糖是你的初吻
酸澀的第一次，是你害羞的印記
嚐嚐甜甜的我們
何時能向你告白呢？

「夏日檸檬糖的浪漫瞬間」

❄✧還是要微笑才行喔✧❄

還是要微笑才行喔
畢竟
當下的生是為了迎接明天的死。

❄✧悲劇✧❄

我們一次又一次的怒吼
想快樂的活下去
想溫柔的愛人
為何黎明女神給了我悲劇？
而不是普通的劇本？
它好長，好長
壯烈的和聲，跳進的錯音
靈巧生音符，今生悲劇戲

❇✧玫瑰少年✧❇

哪朵玫瑰沒有荊棘？
哪個生物沒有細胞？

不要把別人看輕了
彩虹過後性別真的平等了嗎？
不要把別人看輕了
人類真的學會彼此尊重了嗎？

當年那個摸我胸部的男生有道歉嗎？
當年的血汨有任何人道歉後悔了嗎？

哪朵玫瑰沒有荊棘？
哪個生物沒有細胞？
我們生而為人
必有我們的善良抹滅性別之限。

❇✧死神✧❇

應該是死神想帶我回家吧

我走在喧嘩的道路
卻覺得自己被分離出來了
那地上的一灘水
是你走過的痕跡

應該是死神想帶我回家吧
把全方位的喇叭聲
當成兒戲一樣蹦蹦跳跳著
那血紅色的車輛
是你來接我了吧？
應該是死神想帶我回家吧

❇✧想在妳沉睡時✧❇

想在妳沉睡時摩挲妳的髮絲
想在妳沉睡時親吻妳的額頭
想在妳沉睡時握緊妳的雙手
想在妳沉睡時說一句我愛你

晚安，明天也會繼續愛妳
直到妳說我願意。

✤✧笑我✧✤

笑我瘋魔
還笑我自己太墮落
要我亮眼
又怕我黯淡了世界
盼我赤裸
鏡中只放大了結果

如果有來生
請別找我

✤✧親愛的別哭了✧✤

親愛的別哭了
你的步伐蹣跚
你的淚珠直流

我知道的，你很累了
別哭了　不會有人安慰的
他們不會懂
我們的自傷都是求救信號

我們也渴望手上矢車菊
的花語會找到你的魂而綻放

親愛的別哭了
我知道的，你很累了

抱一個，然後說
「辛苦了」

❄✧彼岸花道的盡頭✧❄

那個夜晚
步上彼岸花道
它們吸入了心臟的血
從無痛戀上陰間
那個瞬間
你有後悔自殺嗎？
抱歉
你已經走到了盡頭
別回頭
恭喜你離開了這個痛苦的世界。

❊✧蟻后✧❊

最渺小但最偉大的蟻后

在這世界屬我最大
萬萬螞蟻皆我所生
每天都要一杯甘露
吃甜食燃燒卡路里
吃的越多愛的更多
每個孩子都看起來美味可口
嘿，那邊的孩子
要不要跟我跳隻舞？

❊✧我想抽離這個世界✧❊

我想抽離這個世界

月染漆黑
微弱蠟燭在咆哮
黑狗肆虐
吠聲傳至於夢魘

呼～光滅
又是新的一天

好痛苦
我想抽離這個世界

❇✧蜜蜂✧❇

你傷害了我
你也失去了自己
你的刺扎著你我
永遠做美夢。

❇✧不協和音✧❇

從來不去認同，對此不抱期待，在非現實裡混雜著甜美果實，僅是個傳聞對吧？頑固的現實罷了！從來不去發聲，因為身旁的人們都是如此，看似和諧的社會，暗地藏著蜜香的曼陀羅。築起無形的牆，彷彿不同意就成了叛徒，抨擊著純真的大眾心理

我不要如此！

沉默的多數固然和諧但我不怕不和諧的音色，至少還有屬於自己的正義，不被支配的人，才是真正的強大。

只有和諧是最危險的。

❇✧願來世，我們也能開懷大笑✧❇

親愛的，又不開心了嗎？
抱抱，你真的很努力了呢！
願來世，我們也能開懷大笑

❇✧六月的你汲汲營營✧❇

拉開了心的距離
明明是晴天但很憂鬱
六月的你汲汲營營
打翻了放下的淚水
詩總是那麼濕
回味無窮
六月的你汲汲營營
即使愛情也汲汲營營
我還是在等待。

❇✧流浪動物✧❇

在你拋下我之後
世界有沒有安靜一點？
我一直尋找你的氣息
但不管我再怎麼找
或許真的找到你

妳都已經不愛我了。

❇✧再給我一次機會✧❇

拜託了，再給我一次機會
我這次一定會笑出來的。

❇✧我們一起走吧✧❇

我們一起走吧
去那個擁有快樂的世界
不會因為妳做不好而被幻聽責罵
不會因為妳彈琴唱歌被他人嘲笑
不會因為我哭泣就不再理我
不會因為我的開心就質疑我

我們一起走吧
去那個擁有幸福的世界
有會保護我而生氣心疼的莉莉絲
有隱瞞我兒時痛苦記憶的莉莉安
有讓我更追逐完美的女孩蜜莉安
有給我懷抱溫柔的安慰我的莎拉
有總是給我靈感的小小可愛蘿拉
有成熟穩重且很悶騷的艾利克斯

再也，不想醒來。

❄✧還愛我嗎？✧❄

想要你擱淺在我的腦海裡

❄✧死是世界上最簡單的事
但我們要堅強的活下去✧❄

其實我很怕死
有人說，只有強者才有生存的權利
但也有人說，沒有人生來就是強者

最可笑的事情
就是天天說
自己很努力
卻沒有進步

死是世界上最簡單的事
也許一個跳躍就能離開
但我們要堅強的活下去

直到那些說我可憐的人
看看自己是有多麼可笑
我在努力追我最愛的音樂夢
誰都別想改變我
夢想，我來了！

筆中漣漪

❇✧殘暑夢蓮✧❇

在傾盆大雨中找到的妳
在泥濘中苦力綻放的我
也許只是殘暑最後一朵花兒
但我們都是最美麗的蓮花。

❄✧一點都不痛✧❄

夏天很喧鬧，蟲鳴鳥叫，風鈴輕言
而我躲在家裡，對小鬱的附身感到無力
找不到自己，從高處摔了下來
一點都不痛，畢竟這只是夢。

❄✧永夜極地999✧❄

也許只有住過精神病院的人才知道。

不論白天晚上，都時不時有廣播
「7A病房999」
一開始還不懂這是什麼意思
直到自己發瘋被綁起來，才知道
「999」是救人的意思
其實這幾天我快瘋了
已經對演戲不抱希望了。

別人看到的我都閃閃發亮的
一束束美麗的極光

其實真正的我躲在冰屋裡
取暖，討拍
對不起，但我真的對「愛」已經麻痺了
永夜極地999
喊再大聲都沒用。

❇✧對不起，我有憂鬱症✧❇

僅憑廉價的笑容
遮擋我的哀愁
可憐的被隱藏在十字架上
浸潤在可悲的鏡子中

對不起讓你失望了
對不起我有憂鬱症
總在炫耀刻意留下的疤痕
背負音樂夢想的愚人

你是否已知道結局？
只要是人終有一死
陽光下的地獄開始建構
無法遮擋強烈的紫外線

❇✧頰上楓葉✧❇

和四季道別
撫慰著謊言

渴望誰來愛我
曝曬在昨日的黑夜裡
明白了往下跳就是世界末日

對不起，我有憂鬱症。

❇✧想聞你呼吸✧❇

想聞妳呼吸
再慢慢靠近

誓言開始覺醒
說好了一輩子的妳
卻在離開而毀滅愛情

我覺得
沒有必要將愛情貼標籤
就是單純喜歡上了一個人

但妳已走遠
我終究得不到妳
妳曾經是我最愛的一場雨

兩人嘴唇的溫度
輕輕貼在我的臉頰
妳曾說過：「愛情沒有分類」

新年時，妳走了
走向更溫柔的懷抱
我煢煢看著妳
走上更幸福的道路

我不恨妳
祝妳幸福
謝謝，再見。

❇✧我的人生何時喊卡？✧❇

我是天才演員
以厘米的角度計算著
大家最喜歡的笑容
用更多更多
虛假的笑容
包裝憂鬱的我

我的人生何時喊卡？
我已經演到崩潰邊緣
還要
一直笑
一直笑
成為大家心目中的「乖寶寶」

吶，笑啊
繼續笑啊

❇✧躓躇✧❇

無人能脫逃你的眼眸
嫉妒火焰燃燒著
裝滿陽光曝曬幸福
乾枯了的樹枝掉落
哪一個才是往自由的入口？
在半夢中躓躇

❇✧很可笑，對吧？✧❇

最常收到的訊息是「加油」
但卻搾乾了我的靈魂
你們每一個「加油」都是壓力
都希望我「更好」
加油，加油
不要再說那些漂亮話
但可笑的是
我們只能說「加油」

❇✧你還喜歡這樣的我嗎？✧❇

你是純白的天使
我卻墮落而寫實
陽光被淚水浸濕
大地因引力老實

我想了很久，為什麼會夢到自己變成天鵝，聽說夢到天鵝是代表初戀與快樂，但我的悲傷沒有因為太陽而蒸發，似乎是戀上了煢煢一人的生活，把所有痛苦佯裝快樂。

最近的我快失控了，憂鬱踐踏著我，用朱色墨水在手上作畫，捶打著枕頭，每天淚水都潰堤，對世界不抱期待，每天都渾渾噩噩的。

你還喜歡這樣的我嗎？

❇✧今天的你也許不快樂，但請你對明天微笑✧❇

今天的你也許不快樂，但請你對明天微笑。

❇✧有營養的平仄✧❇

我也想寫些有營養的平仄
但寫來寫去都只剩下負能
在親手摧毀的如果
既定現實的結果

在大腦爆炸的火線
回光重天的墮落
把你點亮
影子就會出現
那些別人不知道的痛
狠狠的爆炸在別人前

我總被說：「妳的文字都好負面」

也許，是吧……

我也想寫些有營養的平仄
但寫來寫去都只剩下負能
也許，負能量才是我的歸屬……

❇✧黑狗先生✧❇

牠該睡了。

傷心過度的黑狗先生
離不開悲悒的枷鎖
欲蓋彌彰
生鏽的希望

用指甲搓破
幸福的泡泡
黏黏的雙手
沒人想握手

黑狗先生
牠該睡了

寒風刺骨的夜晚
寂靜的吠著安魂曲
只是抬頭
天就會掉下來

吶，黑狗先生
你怎麼還沒睡呢？

❇✧棉花糖不見了✧❇

我還是會愛著你不放棄，
即使我會消失。

三年了，過得還好嗎？我也要升上大學了，我好想聽你說句恭喜，雖然我知道你不會轉首搭理我。

曾經，你是如何溫柔，把我變成一個堅強的三稜鏡，射散七彩色的一場春之夢，在早熟的櫻花下輕輕的牽著我的手，每一個折射率都是愛你的顏色。也許我們曾經跟宇宙發誓，會永遠在一起，那些彷彿「這樣」才是愛的證明，那個屬於我們的日子，給我的儀式感，是軟綿綿又帶有酸澀檸檬口味的棉花糖。

走著走著
下了場雨
漸漸的，你也不在了
我們的傘多擠了一個人
你毫無保留
把我用力的推開
或許
雨水真的污染成
會讓人光頭的樣子
棉花糖不見了
是你吃掉了嗎？

有點酸苦
它消失了
但我還是會愛著你不放棄，
即使我會消失。

❊✧浪漫到窒息✧❊

再見了，氧氣
我明白這是最後一口氣
枯竭的愁情
浪漫到窒息

昨天的日記被我崇拜的作者蘇乙笙回覆了，內心真的很感動。還記得還沒成為網路作家之前，我是看著乙笙還有渺渺的文字，下定決心要開文帳的，當時覺得她們的文風好浪漫，而那時的我還在寫童詩。但在我患病後，那些可愛又浪漫的平仄衰敗成了憂鬱的姿態，雖然收穫了許多病友，但我似乎沒有很快樂。

這些真的是我想寫的嗎？

指針指著三點半，我又失眠了，反覆看著乙笙回覆我的那句：「熱愛自己所熱愛的一切」。

看著老師借我的譜，看著自己寫的詩，雖然這麼說很貪心，但我兩個都喜歡，兩個都想要。

姑姑的訊息這麼寫著：「要懷抱著夢想一直浪漫下去喔~」

再見了，氧氣
我明白這是最後一口氣
枯竭的愁情
浪漫到窒息

❇✧龍膽花✧❇

這不是永別
但我想說再見

滿天言語之刃
割傷了我的心
寒冷又苦澀的日子已過
冬天悄聲而走
但我沒想到
愛上了憂鬱的妳

送妳一束龍膽花
我的靈魂會永遠
保護脆弱的妳

這不是永別
但我想說再見
請記得我美麗的藍色
她是妳
最溫柔的懷抱

❈✧曾經的光明✧❈

人如蠟
嚼起來不好吃
也終會殆盡
但他曾經是光明

❈✧我也不知道我怎麼了✧❈

我也不知道我怎麼了
憂鬱症的侵蝕
思覺失調的干擾
解離症的空白
疑似人格障礙的病態思想

我也很抱歉
我也不想活的那麼累
為什麼癌症的人死了讓人感動落淚
精神疾病的人自殺被嘲笑背罪？

我也不知道我怎麼了
就是很想離開世界
不是說說而已

是真的
Go to ✻
我也不知道會去天堂還是地獄
但我只想離開這裡

我也很難過
我也不想活的那麼累
為什麼同學都能乘夢而飛
我卻無法望其項背？

我也不知道我怎麼了，從國三的某天，所有壓力衝擊而來，踏進身心科、吃藥、治療。四年來，我真的累了。

我也不知道我怎麼了
但我真的
好累
好累。

❇✧做自己的上帝✧❇

我不孤獨
我不孤獨
我與上帝同行
不要相信任何人
不要理解任何人
不要愛任何人
不要恨任何人

我的這副身軀不孤獨
我的靈魂不孤獨
我被愛著
也被恨著

我不孤獨
我不孤獨
他是誰呢？
你又是誰呢？
聽從上帝的指引
我永遠是真理

❇✧後來，我們都失去了所有✧❇

很抱歉
雖然我不像烈酒一樣讓妳沉醉
但我的必要性妳無法反對

又是誰說看不見透明的靈魂
不一定承載著輪轉的可能

後來
我們都失去了所有

布娃娃的褪色
遊樂園的歡樂
時尚秀的獨特
垃圾桶的垃圾

我們曾說愛著對方不用痊癒也無妨
但妳卻硬生生的發展成了兩敗俱傷

是上弦月的嗤笑
是夕陽下的逞強

後來
我們都失去了所有。

滿意了嗎？

❇✧摯友✧❇

那些信裡的潛台詞
都只是青春稍微大步一點的腳印
我第一次
找到了真正的朋友

不是每天黏在一起叫朋友
不是一直聊天叫朋友
是一起昇華
是一起難過
是一起感動的叫做朋友

合照下的我們還笑著
還想起妳高一時練團還哭了

哽咽了
心痛了
是不是
會不會
有一點點捨不得？

各就各位！
預備！
我們永遠跑不動
明明某人的腿那麼長

C組班的耳朵
一直寫不出來的二聲部
哎呀

沒有啦再聽一次

啊我大學怎麼備這麼後面
沒關係我們還有機會
妳備一捏怕什麼
未知的妳
前途一片光明

❄✧親愛的　不用急著跟網路語錄一起好起來✧❄

親愛的
不用急著跟網路語錄一起好起來
請深深地
把失去
熬成失眠
再把每一個無法成為夢境的回憶抹殺

語錄總寫著很難過的話
每一句都刺痛著早已冰冷的心臟
灰褐彌漫的天空
透著一層稀薄的紅光
像指甲油
在黑白鍵盤上特別明顯突兀

我只是詩人
無法告訴你愛情的句點如何畫下
但親愛的
不用急著跟網路語錄一起好起來
你可以好好的哭
你可以好好的恨
那些你曾經愛的
都會在一場大雨後被洗滌
就像金安德森的裙子
困住了你內心崩潰的猛獸

晚安
晚安
親愛的

最後一句語錄送你
「愛是一起昇華」

❇✧水泥間任性的花✧❇

心會被時光包紮
光會被我們曬乾

夢想與夢想之間
夾著一層不安的水泥
盛開出一朵任性的花

為了你
雖然很想死
但還是盡量
好好活著

在大地乾涸以前
用淚水灌溉

你的小小花園
有沒有我呢？

這可能有點難懂
但我心動了
餘生的每一天
都想跟你一起度過

為了你
雖然很想死
但還是盡量
好好活著

❇✧致命✧❇

在多少淚水中爬上岸？
你能為我撿回破碎的心嗎？
我們總是復誦這致命的傷痕
請問到底誰是犯人？

未完成的條碼掃描成功
進入了最曖昧level
我是星星
耀眼的謊言一等星
你會治罪於我嗎？
如何將真相如實公開？

你是致命
致命的最愛
最愛的最後
最後的不堪一擊

我拿你沒辦法
你住進了我的潛意識
你是致命
讓我淹溺。

❄✧宇宙只剩下我✧❄

哪怕世界不純潔
我肯定不能墮落
有種勝利的錯覺
我是那個hero

原來低估也算沒希望
而你怎麼看我？
原來迷失也算是健忘
宇宙只剩下我

所以光彩奪榮
正因寂寞
我們難以形容
我們如此不同

都是綁架靈魂的繩索。
回憶到底有什麼用？
多少人踐踏過
宇宙只剩下我

❄✧我早就死了✧❄

在採收前
我早就死了。

偷嚐一口
甜美的甘露
時間都去哪兒了
我已經癱軟在地板上了

在擰不乾的枕頭上
繡上昨天的太陽
愛的想像力
病的好無力
在刺耳聲響下
我被緊急摘下

永遠都不會拉的把手
永遠都不會牽的雙手
白雪公主的手
是冷冰冰的手
泡在福馬林等待甦醒
你卻忘了我會逃離

我吻著你的臉頰
他不分四季的變化
但我是在冬眠的熊
也一直以為
只有蜂蜜可吃

我問你
相信世界真的有
一吻就救回一命嗎？

你只回覆我：

在採收前
妳早就死了。

❄✧網路病毒✧❄

守護著天使的使命
惡魔就藏在手機裡
自以為輕易的網站
都是黑客的賺錢天地

人人手上一臺手機
維護著正義與腐敗的運行
走電線桿一樣的劇情
也許就藏在你心裡

睜開你的眼睛
虹膜不會騙你
就是因為如此
照片請小心別大意

指紋跟聲紋的進行
被複製張貼到ＡＩ的遊戲
這是誰的party？
我找到你。

❈✧愛情未遂✧❈

用淚水做燃料
曾經混濁的氧氣
慢慢的燃燒著
木炭上刻著
我最愛的人。

用膠帶黏起的
排水管
與
浴室門
用約莫40℃的
熱水
洗著
自認為是最後一次的澡。

警報開始響起
或許是
紅血球在運送二氧化碳
其實聽的也不是很清楚

你打著訊息說要救我
但語氣卻是女孩子的口吻。
徹底的崩潰
只需要你（或她）的一句
「謝謝妳……」

吶，如果我懂的愛你
我會用盡全力的
但你連機會都不給我呀…

❊

逼，逼，逼

（光線慢慢映入眼簾）

「吳冠萱妳還好嗎？妳說了很多夢話耶，我
幫你關掉鬧鐘」

「我說了什麼？」
「愛情未遂之類的」

❇✧誤會✧❇

原來你
心裡真的沒有我。

當青春獨語寫成了
愛情的遺書
我依舊找不出
小鎮姑娘的玻璃珠

我羨慕那些偶像劇的吻
但你永遠都在犯蠢
和冷淡的回文

吶，如果說
就能做的話
該有多好

我追尋著不可能的人
受傷了不知道該多悲疼
我不怪你
怪我太容易心動

別忘記
我目前是少女
迷茫的衝動
魂魄的謎語
我可能一輩子都解不開。

哎呀，誤會了
我以為
你是木頭

原來你
心裡真的沒有我。

❄✧我會快樂嗎？✧❄

如果這輩子
我成為鋼琴家
成為作家
我會比較快樂嗎？

如果下輩子
我是一隻在杳杳大海中
游動的魚
我會比較快樂嗎？

嘶吼吧
哭泣吧
我們都不是被宇宙
疼愛的人

如果我笑起來
真的比較好看嗎？
卡布奇諾會甜一點點嗎？

如果我再談一場戀愛
真的比較浪漫嗎？
青春獨語會變成情書嗎？

別這樣呀
別說心疼我啊
你們什麼都不明白
疾病是多麼的痛苦呀！

別這樣呀
別說我有病啊
你們什麼都不明白
言語是個殺人的罪呀！

如果上輩子
我是一隻美麗的
蝴蝶
我是不是
被你捉到的呢？

❈✧薑茶✧❈

一如既往的失眠
今天帶著鐵鏽味。

如果是你
一定會在馬克杯裡投入
方方正正的黑糖塊
薑片口味的
然後跟我說
「雖然我是個直的，
但我不會叫你喝熱水」
然後我再嘲笑你

今天這杯失眠與薑茶
都比叫我喝熱水還無奈。

❈✧無題✧❈

我想躲起來，並再也不用張開雙眼。
我真的，很想隱晦的寫下你
但我不能控制我自己

❇✧彩虹上的願望✧❇

是這樣的，有些事情，我好想跟你說。

但最尷尬的是，你也是個作家
而且是比我厲害很多的那種作家。

還記得我們在西門町的彩虹上
許了什麼願望嗎？
我是不知道你
但至少我許了一個
自認為很棒的願望。

回憶的洞穴裡
我穿著白紗裙配毛衣
你則是很休閒的運動外套遮住了傷疤

可我不管怎麼挖
都挖不到彩虹的尾巴在哪裡
是哪隻土撥鼠啃食了它？
為什麼你的臉永遠都是
模糊且水潤的？

喔？你問我許了什麼願望
今天告訴你吧！
「我永遠都會撰寫與彈奏你的故事」

❄✧普魯斯特效應✧❄

你的身上有著廉價的沐浴露香味。
當花苞一片片剝開
卻發現裡面只有我空虛的盼望

我們的愛情有一股廉價的氣息。

甜蜜的最後一個吻
竟是在你送我回我的城市時
不顧旁人眼光在我耳畔輕語

「我們分手吧」

我的思念有著廉價的憂鬱與諷刺。
廉價的我們，買不起長久的相伴。

又聞到了廉價的味道。

❇✧以上純屬我曾經愛過你✧❇

今天是說謊日

欺騙我的是誰呢？
挖出你的心臟
我們來檢查看看

欺騙他的是誰呢？
我揭開面紗與
我最後的堅強給你瞧瞧

嘲笑我吧！
我是如乞討般的渴望
你的愛
他的愛

我都想讓這些成為我的東西

嘲笑我吧！
染上高貴的淺棕色頭髮
不就是因為你說過
你喜歡這樣的女孩嗎？

今天是說謊日
以上純屬我曾經愛過你。

國家圖書館出版品預行編目

解剖少女/Aurora fantasia著. -- [桃園市] :
吳冠萱, 2025.07
面； 公分
ISBN 978-626-01-4361-9(平裝)

863.51 114009032

解剖少女

作　　者／Aurora fantasia
出版策劃／吳冠萱
製作銷售／秀威資訊科技股份有限公司
114 台北市內湖區瑞光路76巷69號2樓
電話：+886-2-2796-3638
傳真：+886-2-2796-1377
網路訂購／秀威書店：https://store.showwe.tw
博客來網路書店：https://www.books.com.tw
三民網路書店：https://www.m.sanmin.com.tw
讀冊生活：https://www.taaze.tw

出版日期／2025年7月
定　　價／350元